狄伦的 Dylan owns Up

坦白

诚实 | Honesty

［澳］肯·斯皮尔曼/著　［新加坡］陈俊强/绘　彭安琪/译

四川科学技术出版社

第一章

　　狄伦想成为佳乐那样的人。

　　不，他就是想变成佳乐。佳乐说话风趣，穿着帅气，发型迷人。最棒的是，他的口袋里永远有用不完的零花钱。他总是随心所欲地买零食，还可以把钱存起来买更贵的东西。

　　除了变成佳乐以外，最棒的事情就是做他的朋友。

　　佳乐享受有钱的感觉，也同样喜欢与人分享。每到课间休息时，他都会去小卖部买东西，然后分给狄伦或另一个朋友。有时候，他甚至会给他们钱。

　　"以后我会还给你的。"狄伦会说。

　　"不用还。"佳乐会耸耸肩，"这没什么！"

　　狄伦知道他不应该嫉妒佳乐。但是他怎么可能做得到？

　　爸爸妈妈认为零花钱只会教坏孩子。爸爸的说法是，零花钱会让小孩乱花钱。而像佳乐那么多的零花钱则会导致更坏的情况——奢侈浪费。

　　狄伦小时候，姨妈曾送给他一个巨大的存钱罐。那是个新奇玩意儿，看起来像一个巨型的汽水罐子。这么多年过去了，它还只装了一半。

爸爸妈妈给狄伦买了所有他可能需要的东西，给他带去上学的钱也总是刚刚够用而已。他们给他开了一个储蓄账户，还往里面存钱——但是这是为很多年以后准备的，而且狄伦不能从中提款。

"我没有零花钱。"有一天狄伦告诉佳乐和马可思，"如果我需要花钱的话，就必须跟爸妈要。问题是，他们从来都不认可我花钱的理由。"

　　"那你直接拿就是啦！"马可思说，"我打赌他们甚至不会注意到。"

　　马可思眼神闪烁着，他到底是在开玩笑，还是在考验狄伦？狄伦不得而知。

佳乐也笑了："我妈妈从来不清楚她钱包里有多少钱。我爸爸实际上不喜欢现金——他从来都是刷卡付款。但是，我绝不会在未经允许的情况下拿钱。"

　　马可思笑出声来："那是因为他们给你的钱够花，对吧？如果你是狄伦，或者我……"他突然停了下来，抬起眉毛。不需要他说更多，狄伦和佳乐都心领神会。

所以，马可思偷家里钱了，狄伦想。

他觉得很震惊。马可思在学校一直都是循规蹈矩的，而且他看起来一点儿都不狡猾。

但是随后在课堂上，狄伦有了另一个想法：既然马可思都没有被抓住，为什么我不可以？

第二章

　　狄伦就像着了魔。

　　每当狄伦想要一个新玩具的时候，他就会想到马可思。

　　当佳乐告诉狄伦，他要组装一个很酷的变形金刚加入他的收藏时，狄伦也会想到马可思。

　　当听说他喜欢的图书系列出续集的时候，狄伦还是会想到马可思。

马可思说得一点儿也没错——妈妈绝不会发现。

她不会清点硬币，甚至抱怨小额钞票几乎没什么用。

一切都会很简单。

他会填满他的汽水存钱罐，然后，他可以把它打开，品尝清点财富的喜悦。

罐子能装多少钱呢？

要多久才能把它填满？

该买什么才好？

一想到自己有选择的余地，狄伦就兴奋不已。

狄伦几乎每天都能在厨房柜台上看到妈妈的钱包。有时候，他需要在她钱包里翻找一番。幸好总是有大把的机会，有时她在另一个房间忙碌，有时她急需下楼。拿几个硬币真是轻而易举。

一个周末，狄伦注意到爸爸的钱包放在梳妆台上，几张纸币露在外面。狄伦没有犹豫。他花了不到五秒钟，就神不知鬼不觉地抽出了其中一张纸币，并把钱包放回原位。

　　狄伦不知道他一共拿了多少钱，但是有一件事可以确定——他现在的存款比以前任何时候都多多了！

　　他迫不及待地想把它们花掉。

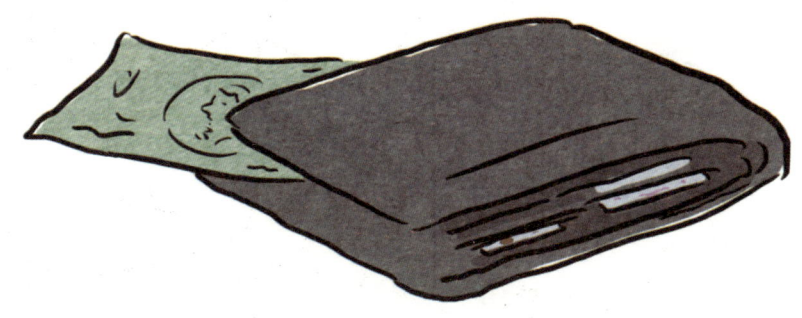

第三章

马可思的眼睛眯成了缝儿，他微微歪着脑袋，点着头。显然，狄伦让他刮目相看。

"但是别告诉佳乐。"狄伦赶紧补充道。

"那好吧，我不会……为什么不？"

"别说就是了，好吗？我是认真的……别告诉他。"

他们坐在餐厅的长凳上。佳乐刚才给一位老师跑腿儿去了，现在正排队打饭。

狄伦不确定为什么不想让佳乐知道——他只知道一想到佳乐知道这件事，他就浑身不舒服。

上课的时候，狄伦焦虑不已、坐立不安。

他跟马可思说的话在他头脑中反反复复上演……

他真希望自己那时候能够闭嘴。

"为什么我要告诉马可思？"狄伦想道。

刚想到这个问题，答案就随之而来。不像佳乐，马可思也做了同样的事情——拿了不属于他的钱。不像佳乐，马可思是一个小偷。

跟我一样，狄伦想。我也是个小偷。

这种感觉很奇怪。一方面，狄伦觉得小偷这个标签跟自己一点儿也不相称。这个词令他联想到坏人——应该去坐牢的人。

　　另一方面他又感到惊讶，为什么之前没有这么看待过自己呢？他的所作所为是错误的，而且他从一开始就知道。是不是做了错事，就意味着他是一个坏人呢？

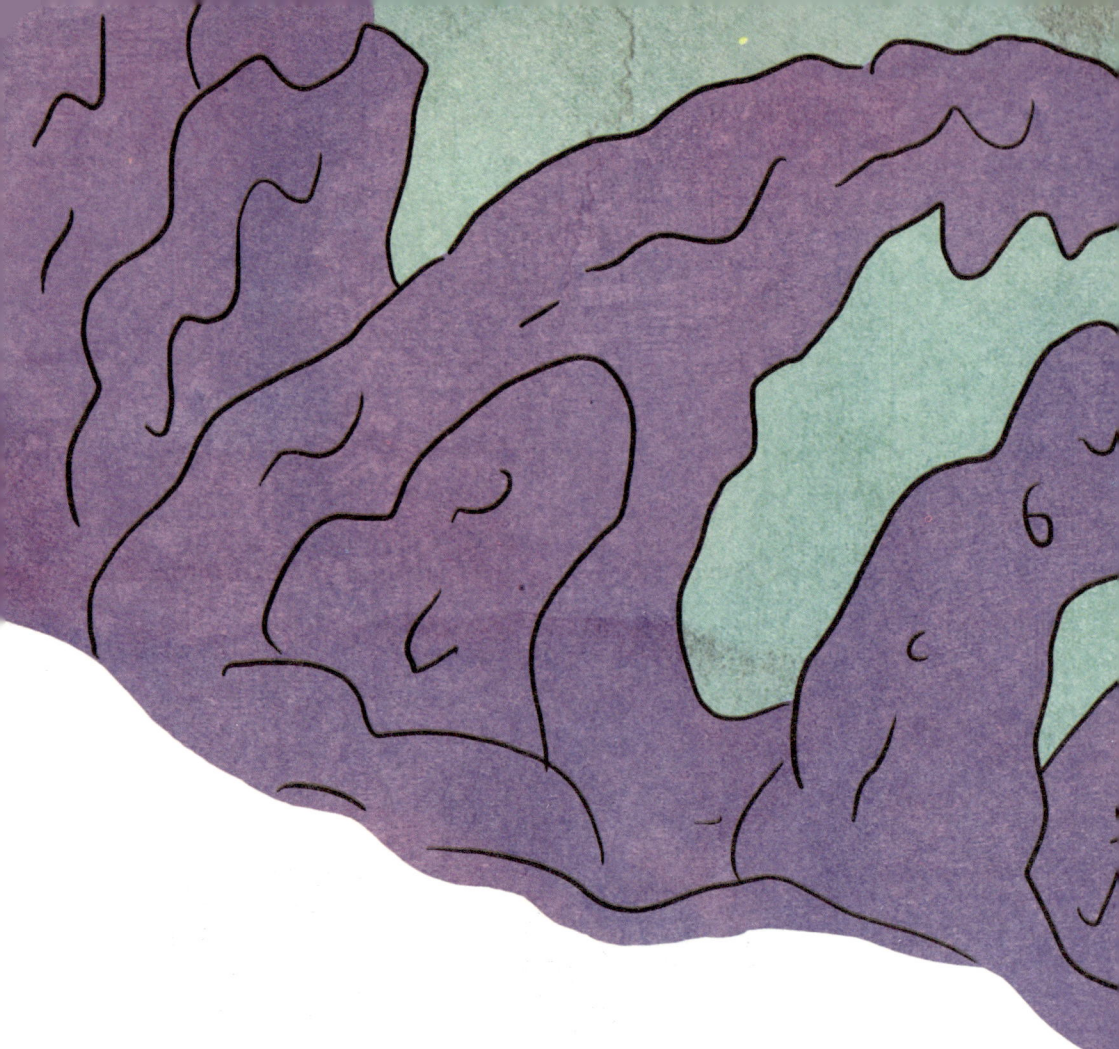

　　到了放学的时候，纠结着这些事情的狄
伦头痛起来。

　　"怎么了？"佳乐问道，"你看起来像
是快要吐出来的样子。"

狄伦甚至不想直视他。

"我没事。"他喃喃地说，"明天见。"

妈妈也注意到狄伦看起来愁云惨淡的。

"你看起来心情很糟糕。"她说，"出了什么事吗？如果有什么事情让你心烦，也许我可以帮……"

"为什么所有人都认为我在为什么事情心烦？"狄伦恶声恶气地说，"我很好！"

"这样啊，那所有人是指哪些人？"妈妈问道，"我在这里没有看到其他人了，你呢？刚刚只有我一个人在问你话。"

　　她说得有道理，声音又温和。狄伦知道妈妈是在关心自己，他却感觉像是被黄蜂刺了一般。

第四章

存钱罐似乎被光照到了，它把光线从书架顶上反射到狄伦的床上。

罐子几乎满了——但是自从狄伦跟马可思谈过后，他就再也没有往里面存过钱。

尽管他尽力把它放在视线之外，但它总是有办法引起他的注意。

狄伦知道他必须做点儿什么。

　　"妈妈，我可不可以打开我的存钱罐？"

　　"那个大的吗？你姨妈送你的那个？它还没装满吧，对不对？"

　　"它差不多满了……"

　　"那就放着吧。"妈妈说，"你是不是想买什么？"

　　狄伦摇了摇头，然后他又点点头。"我想给别人买礼物。"他说。

　　"哦，你真贴心！给谁买呢？"

　　"保密。"

　　妈妈睁大了眼睛。"你真是个好孩子。需要多少钱？我可以给你的。"

狄伦不想要妈妈的钱。他很想告诉妈妈自己做了什么，但是他说不出口。"如果我把所有事情都告诉了她，"他想，"她就不会再信任我了——永远不会。"

　　"妈妈——拜托了。我可不可以打开它？"

　　"我给你钱就好了，亲爱的。我想现在还不是打开存钱罐的时候。等它满了，我们就把它带到银行去……"

妈妈停了下来，一滴眼泪从狄伦的脸颊上流下来。

　　"狄伦，你怎么了？"

　　"没什么。"狄伦说——然后，他开始向妈妈倾诉。他体内就像决了堤一样，泪水和话语喷涌而出。因为太过羞愧，他把脸转向一旁。

妈妈一只手环抱住他。等他讲完了，她还是继续紧紧抱着他。

"谢谢你。"她温柔地说，"谢谢你告诉我真相。是的，我对你做了那样的事情感到失望，但是……我知道你是个诚实的孩子。你现在糟糕的感受也证明了这一点。你想做点儿事情来弥补自己的错误。"

"你会告诉爸爸吗？"

"为什么问这个问题，狄伦？"

"我不想他知道。"狄伦抽搭着鼻子说，"其实我也不想你知道。我可以把钱还回去，或者给你买一个礼物……"

妈妈考虑了一下。

"如果爸爸知道你有勇气告诉我这些，他会感到骄傲——他真的会。但是，如果你

希望我保守秘密，我也会答应你。我认为，
最好是你把刚刚跟我说的，亲口告诉他。如
果你做到了，我会答应你另外一件事情。"

　　狄伦擦了擦眼睛。

　　"什么事？"

"我们会好好谈一谈给你零花钱的事情，每个星期一次，让你有自己的小金库。"

狄伦有点儿犹豫。爸爸并不可怕，可怕的是告诉爸爸从他钱包里拿钱的事。

"那——可不可以你帮我告诉他？"

妈妈摇了摇头。

"我认为你要亲口跟他说。你必须对别人当面坦诚，别人才会对你报以信任。怎么做由你自己决定。"

狄伦还是有点儿忐忑——但是他决心尽力一试。

大家一起来讨论

1. 你认为狄伦为什么想变成佳乐？

2. 为什么对狄伦来说，存钱很难？

3. 是什么让狄伦对马可思感到震惊？你是否因朋友的行为或者态度震惊过？

4. 想一想，你是否面临过这样的选择：正确的事情比错误的事情做起来更加艰难？最终你是怎么做的？你对自己的行为有什么感受？

5. 狄伦告诉了马可思从父母那里偷钱的事情，却不想让佳乐知道，为什么？

6. 当狄伦一开始偷窃的时候，他不觉得自己是个小偷。为什么过了一段时间狄伦才清醒地意识到这一点？

7. 为什么当狄伦意识到自己做错事的时候感觉很难受？

8. 狄伦告诉妈妈他要给别人买礼物。这本来是一件好事情，为什么他会号啕大哭？

9. 当狄伦坦承自己的错误时，妈妈安慰了他。你认为，他是否因为妈妈为他感到骄傲而惊讶呢？

10. 有时候，做一个诚实的人需要勇气。你认为狄伦会向爸爸坦白吗？如果你是狄伦，你会怎么做？